나는 지금도 각시다

나는 지금도 각시다

김말립 시집

시와정신에스프리

시와정신사

시인의 말

손에 물 안 묻히게 해주겠다던 당신
기어이 글물을 묻히게 해 주었어요

꽃이 져도 나 봄같이 살 테예요
꽃은 져도 꽃이니까요

봄처럼 웃을 테예요

힘들어도 당신 생각하며
웃어요

2024년 봄
김말립

차 례

___ 제3부

_____ 디카시

___ 제1부

엄마의 그늘

뙤약볕 걸어가는 모친의 보따리가 무거워 한 손으로 잠
시 거들다 정자나무 그늘 아래 보따리를 쉬게 했다
  몇 년 전 홀쩍 떠나 살던 건넛집 순이 엄마였다
  니도 꼭 너 엄니 닮았네

  동구 밖 정자나무보다 더 넓었던 니 엄니 그늘

  팔 형제 엄마 되고 누이 되고 초가삼간 기와 올리더니 마
을 우물가 옥이네 철이네를 지나 혼자 된 장쇠 엄니 병수발
삼 년에 꽃 길 가는 길까지 넉넉하게 품어주었다던 보따리
를 풀어 놓으시는데

  열여덟 고왔던 꽃이었던 엄니 모습
  백년초를 닮았다
  딱 3일간 핀다는 백년초
  꽃이 져도 오래가던 열매
  백년초도 딱 3일만 만개했었다는데
  엄마가 여자였던 적도 삼 일이었다

* 박재삼 문학제 백일장 일반부 최우수상 수상

15

첫사랑 뻐꾸기

열일곱 예뻤다고 소문이 이웃 동네를 넘었는지
우리 집엔 늘 뻐꾸기가 울었다
뻐꾸기 소리는 방문을 나오는 나를 보면
멈춰 서는데
오늘은 다른 뻐꾸기 울음이다
매일 밤 그 시간만 되면 울음 우는 그 뻐꾸기 아니다
혹 다쳤을까 궁금한 밤이 칠흑이다
가끔 그 뻐꾸기는 목화밭 매는 내 손등으로까지 따라오
는데
  산수화 노래가 목화솜으로 피어
  하얗게 하얗게 밤을 새우게도 했다

나는 지금도 각시다

우리 동네에선 작년까지 각시였다
일흔다섯까지 각시로 살았다

새벽 첫차 타고 시장 가는 길
엄동설한에도 머리는 자르르르르
옷매무새 거울 한 번 나오다가 다시 거울
누가 칠순이라 하는가

각시라고 불리었다
예쁘게 꾸미고 걸음도 사뿐
그걸 본 정촌댁 무어라 씨불여쌌건만
내가 내 모습 예쁘게 하는데 무슨 상관이람
진성형님 큰 소리로 오야 각시야 오데 가는갑네 다정한
목소리

아직도 나는 각시이고 싶다
작년까지 각시였었는데
다시 각시가 되고 싶다
이젠 루즈 대신 립스틱을 발라야겠다

길

길은 눈이다
길은 힘도 세다
산도 업어주고
수많은 차를 업어주고
자갈길 걷는 아가씨
치맛자락 춤추던
비포장 길
황소도 걸어가다
디스코 추던 돌길
난 그 길 다 걸어 봤다
발가락 나온 신 신고
돌밭 길 걸어도 봤다

손님

방안에 개미가 들어왔다
불청객인데
점심을 줘야 하나
말아야 하나

눈물인지 단비인지

가뭄이 심해 온 들이 타들어 가던 중
현충일 나라를 위해 목숨 바친 선열들의 눈물비가 하루
종일 내린다
시들었던 온갖 푸성귀들 힘이 돋고
눈물인지 단비인지
걸어놓은 태극기는 축축하다
모내기는 수월해지고

용사는 죽어서도 나라 걱정이다

단비

작년 9월에 뿌린 밀이
가뭄에 다 죽었다 했더니
딱 한 번 단비 맞고
60년 밀죽거리 익었네
지금은 간식거리지만
옛날엔 주식이었지

산책

산책은 나에게 유일한 친구
대문 밖 나서면 마음이 설렌다
이슬이 많이 내린 밤은 온 시야가
비단결같이 선물을 주고
먼 산 쳐다보면
뭉게구름 위에 아침 해가 앉아
산책을 가고
걷다가 낯선 사람 만나면
친구처럼 반갑게 인사를 나누고
산책은 낯선 게 없다
모든 게 친구 반갑다
볼 때마다 새로운 풍경

입춘

입춘이면 새봄을 생각하고
철새들도 계절 바꿈을 하고
찬바람은 시샘하듯 불어도
산과 들 새봄 준비하라는
시어머니 치맛바람 속에도
따스한 봄바람 분다
가정에 밝은 기운이 가득하고
언제나 경사스러운 일이 가득하라는
입춘대길을 맞이했던
수십 번 만난 봄인데
올 봄은 유난히
만물이 소생하는 봄같이
건강하게 살고 싶어라
온갖 생물이 살아나기를
기다리면서

앵두

단발머리 철없던 시절
장독 뒤에 자리 잡은 키가 큰 앵두나무
엄마가 밭일 나간 뒤에
동생들과 친구들 불러 모아
하늘을 쳐다보며 별 따먹듯이 먹고
다들 볼이 발갛게 익어
앵두 같은 입술 되어
고무줄놀이 시절 그립다 그리워
그 친구들 그리울 때마다
앵두가 생각나고
빨간 앵두 가슴에 익어
많이 베풀고 살겠지

요란한 빗소리

요란한 빗소리에
창문 열고 보니
캄캄한 어둠 속에
가로수 빛을 받은 빗줄기가
빛나 보인다
갑자기 차갑게 느껴 창문을 닫았지만
내리는 찬비를 맞아들이고
싶은 겨울비
막막한 저 어둠속에도
잠든 세상의 빛 비추는데
닫혀 있는 감정의 문
덜컥덜컥 흔들어 깨우고 싶은
비 오는 밤

첫사랑

가슴속 깊이 새겨진 첫사랑
긴 세월이 흘러가도
잊히지 않는 나의 첫사랑

첫사랑은 도대체
얼마나 거룩한 허기로 남았는지

가끔 생각날 때면
노래를 부르게 하는지 모르겠다

애정이 꽃피던 시절을
부르며 마음을 달랜다
무성 영화처럼 순식간에 지나간,

한 해를 보내며

2019년 12월 마지막 달 중턱에 서서
지나온 한 해를 바라보니
그럭저럭 살아온 것 같은데
2019 기해년은 평생 못 잊을 해다
55년간 함께 있던 동반자를 저세상으로 보내고
25년 동안 중풍으로 앓다가 떠나도 지금 와 생각하니 그
것도 잠깐이고
인생살이가 요지경 속 같이 스쳐 간다
마음 추스르기도 전에
친정 사촌 오빠가 세상을 떠나고 큰 시누이마저 하늘 길
갔는데
며칠 전 사촌 시동생도 가셨다 그러다 보니 내 혼도 따라
가는 느낌이다
숨 막히는 울음 끝에 파르르 파르르 울음 털고
다시 못 올 길 명복이나 빌어주고
내 남은 인생 걱정 없이 살았으면 하는 바람으로 새해를
기다린다

돌계단 걷는 소녀

흰 블라우스 까만 치마
한 손에 휴대폰 들고 조잘조잘
반가운 친구와 전화하나 봐
뒷모습이 너무 행복해 보여
저맘때 내 생각난다
나폴 나폴 선생님
내가 그 속으로 들어가고 있다

_____ 제2부

호박떡

떡보 막내딸이
엄마가 옛날에 해 주던 호박떡 먹고 싶다고
3일 전부터 준비를 해
오늘 아침 방앗간 가서 떡 해다놓고
퇴근 후에 오랬더니 한 쪽을 낼름 먹으며
엄마 바로 이 떡이야 하며
재롱을 떠는 모습은
오십이 가까운 애가
꼭 세살바기처럼 좋아하는 모습에
엄마된 보람을 느꼈다

떡 박스 들고 가며
엄마 잘 먹을께 하고 가는 뒷모습
항상 짠하다
내 자식이 제 집으로 가는 모습 보면
내가 살아온 여정 또한 이렇고 저러했다

엄마, 자주 불러 줘

엄마라는 말
몇 번이나 불렀을까
내가 엄마 되어 살아보니
하늘에 비행기 윙 하고 날아가도
엄마 생각 절로 난다
엄마라는 두 글자
황금보다 중요하고
바다보다 넓은 단어
흰머리 여기저기 솟아나는
내 나이 칠십 되어도
엄마 생각날 적에는
문득 전화기를 든다
하늘 국번을 몰라 한동안 멍해져 있다
엎어져도 엄마 자빠져도 엄마 엄마 엄마 엄마라는 말
내가 엄마 되어도 듣고 싶은 말
지나는 길손이 엄마라고 부르는 소리만 들려도
나도 엄마가 되고 싶다
자식들아 나도 이제 수확기에 왔구나
엄마 자주 불러 줘
엄마

부채질

가을로 접어드는
뙤약볕에
들일을 하다
딸이 보내준 배
하나 깎아 먹으니
시원한 부채질은
먼 곳에서
딸이 해 준다

언니 생각

밭일 하다 잔잔한 바다를 보며
잠시 호미를 놓고 쉼표를 찍는다
누워도 꺼지지 않을 듯
잔잔한 바다
시골 풍경을 좋아하는 언니께
전화해 본다
삼천포 가로수엔
벚꽃이 만개하다고 전한다
엄마 품 같은
언니 생각하며
바다를 본다

아버지와 어머니는 거지왕초

우리 팔남매는
발가벗고 빈손 쥐고 세상에 나와
젖을 얻어먹고 미각을 알고
배내옷을 얻어먹고 촉각을 느끼고
엄마의 젖내에 후각을 익히고
서로 눈 맞추며 웃음 배우고
치아를 얻어 엄마가 만들어 주는
음식은 내 친구 식이도 민이도
얻어먹는 거지 친구는 그래서 행복하대
왕초 부모는 이제는 하늘나라 거지

막내딸은 배달부

우리 막내딸은 말 배달부다
사진 배달부다
일 분 전에 했던 말이 언니들한테 송 하고 배달되었다
방금 전에 찐 옥수수가 송 하고 배달되었다
주 오일째 배달부 막내딸
월급도 안 받는데
일주일에 다섯 번은 비가 오나 눈이 오나 변함없이
출근하는 막내딸
어제는 집안 대청소한다고 연장근무까지 하고 갔는데
오늘은 설마 오겠나 하고 잊고 있었는데
엄마 하고 환한 웃음소리와 함께 출근 시간을 지킨다

교육

엄마의 교육은 어깨너머로 배웠지만 팔순이 가까운 딸을
그 교육대로 살아가게 하고 있다
살아보니 나도 엄마같이 살아간다
꼭 눈 마주치고 가르친 것도 아니지만
슬쩍 하는 말 잔소리 같았지만
지금까지 살면서
어머니 잔소리 그대로 전수받아 실천했더니
곧잘 칭찬으로 돌아온다
만 가지 어려웠던 엄마의 시절
다 잊고 천국에서 왕후가 되십시오

동생

길숲에 올망졸망
비비초 형제
행상 간 엄마 기다린다
돌담벼락에 등 비비고 서서 눈도 먼다
강냉이 밥상 사온다고 손가락 걸었지
눈이 멀게 기다린다
나비 한 쌍 만났다
기다림 잠깐 잊고 나비 따라 춤춘다
나비는 엄마 따라 날아가고
동생은 배고프다
언니 치마자락 붙들고
엄마엄마 부르니
나비는 다시 날아와
동무하자 춤춘다
엄마가 사온 강냉이 자루 들고
좋아라 뛰는 모습
너무 행복해 귀엽다
동생 행복은 엄마가 사온
강냉이 밥상
행복 별거 아니다

고양이 그림

그림이 고양이인지
내 딸이 고양이인지
딸이 그린 고양이 그림
제 얼굴 예쁘냐고
얼굴 내밀고 있네요

산통

국화 한 송이 일주일째 산통을 겪는다
안타깝도록 고통스러워 보인다
하루에 한 잎씩도
낳지 못하네
수많은 꽃잎을 다 피우려면
하늘이 몇 바퀴나 돌까
내가 오십 년 전에 첫아이 낳을 때
그랬어
다시는 안 낳고 싶었는데
그 마음 잠시 잊고 나도 많이 낳았어
지금은 행복해
국화야 우리집은 사람들이 많이 왕래하는 길가 집이야
어려운 산통 겪고 예쁜 꽃 피우면
예쁜 벌 나비들이
많이많이 축하해 줄 거야

아저씨

꽃 만지고 있는 아저씨
꽃 예쁘죠 고운 향기
댁에 가시면
사모님께 뿌려 주셔요
환하게 웃을 겁니다

신발

누가 벗어 놓았을까
신발 두 켤레
아 임자는
패랭이꽃이었나 봐요
술래잡기 하고 놀다
신고 가는 걸 보니

작약꽃 탄생

애야 많이 아프지
좀더 참아
미역국
시원하게 끓여 줄게
산후조리 잘 해야

내년에 또
피어야지?

이팝꽃

보릿고개가 있는 오월에
이팝꽃 하얗게 피면
유월 초근목 때 내 생일날
엄마가 딱 하루 쌀밥 수북히 담아주던
그때가 생각난다
이팝꽃 눈물이 그렁그렁한,

_____ 제3부

안젤라 장미

고층 아파트에 살고 있는 딸이 친정집 화단에 갖다 심은
안젤라 장미
어느날 한 송이가 피어 사진 찍어 보냈더니
벌써 피었냐며 좋아한다
많은 예쁜 꽃 가운데 딸이 심어준 안젤라 장미는 더 예쁘
다
너는 사진이나 봐라 난 생화 볼란다
하루종일 화단에 눈이 가 있다

벚꽃

평소 당신의 호는 박 한량
당신이 천국으로 떠나는 날
영구차는 벚꽃 하얗게 뿌리는 속에 갔어요
항상 웃고 살았다고 봄꽃이 배웅하는 꽃 속으로 갔으니
그기서는 벚꽃으로 호를 부를 거요
우리 자식들도 예전보다 더 환하게 웃고 삽니다
우리 둘 만난 지 55년 동안을 생각하면
개떡같은 추억도 많고
쑥떡같은 일도 많았지
그래도 우리 자식들은 찰떡같이 알아서 잘 한다지요

국화

화단에 국화꽃 몇 가지
겨울이 저만치 오고 있는데
천천히 피고 있더니
채 며칠도 뽐내지 못하고
피자마자 서리 만나
고개 숙인 국화꽃은
전생에 거북이었던가
많은 꽃들 중에
꼴찌로 태어나서
피자마자 서리 맞고 시드니
국화는 여자라고 하던가
그래도 마지막 향기는 강하다

벚꽃 필 때면

완연한 봄을 알리는 봄
만물이 소생하고 눈이 가는 곳마다
여러가지 봄꽃이 보인다
밤부터 내린 비가 하루종일 내린다
만사 일 젖히고 보일러 따끈히 피워놓고 누웠으니
비가 와서 고맙고 매일 바쁘게 움직이던 내 몸도 편안함
을 느낀다
이 년 전 세상 떠난 애들 아버지도 봄이 온 줄 아는지 궁
금하다
살팍에 동그마니 앉아 있을 때 벚꽃 흐드러지게 피었었지
보일 듯 말 듯한 웃음 웃었는데
당신 떠난 그때 벚꽃이 참 만발하였죠

7월 밤 은하수

어린 소녀 시절
7월 삼복더위
삼베적삼 풀 멕여 입고
마당에 멍석 깔고 모켓불 피우고
밤 두레삼 삼기
동네 아지매들 속에 저 건너
진순이 이순이도 끼어
인생살이를 배운다
하늘에 은하수가 쏟아지면
서로들 자기 광주리에
세며 담는다
반딧불도 파란불을 켜고
두레꾼 어깨 위에 앉아
시원한 산바람 가져와
부채질해 주면
주인 아지매 고구마 줄기 무치고 호박전 부쳐
밤참 내놓는다
한밤이 되어 북두칠성이 등 넘어가면
사랑하는 가족이 기다리는 집으로들 돌아갔지

초대

새해가 날 초대한다

건강 찾는 데만 오라고
웃는 데만 가자고

새해 첫 날 태양도 해맑게
이글거리며 떴다

나를 초대한다고

이래저래 머뭇거리면 후회한다고

손지갑 가마를 타고 시집온 라일락

자전거를 타고 존개마을을 지나는 길가
라일락 꽃이 예쁘고 향기가 너무 좋아
자전거를 세우고 아주 작은 옆순 하나를
뽑으니 가느다란 발이 한 줄 붙었다
조심스레 지갑에 넣고 와서
심었더니
3년만에 꽃이 피더니 22년 올해
지금은 큰 덤불이 되어
오가는 사람들 눈길을 머물게 하고
카메라에 담겨 시집을 갑니다

들개

사람 살기도 어려운데
왜 개를 가족을 이루어
함께 사는지 도무지 이해가 안 된다
책임지지 않고 버렸으니 주인 없는 들개가 되어버렸다
새끼를 밴 만삭인 개가 소낙비 내리는 날
소공원 연산홍 덤불 밑에 새끼를 낳아 비를 흠뻑 맞고 있
는 것이 눈에 띄었다
그 개는 내가 자식같이 키우는 닭 6마리를 막 잡아 죽인
개인데
정말 미웠지만
모성애 강한 모습을 보고
다 용서하고 비닐로 비를 가려주고 먹이를 주니
꼬리를 살래살래 흔든다
주인을 얼마나 기다릴까
그냥 짠하다

비 오는 날 부침개

봄비가 촉촉히 내리는 날 오후
별일 없이 지낸 하루
부침개가 생각났다
뭘 넣고 맛나게 구울까
밭으로 나가 봄맞이 나온 냉이 몇 폭
쪽파 몇 개 봄동가지 뽑아놓고
굴 넣고 땡초 넣어 스억슥 버무리니
입안에선 벌써 침이 고인다
후라이팬에 여백도 없이 구웠더니
꼭 보름달 같다
어느새 꽉 찬 보름달이 눈 깜짝할 새 반달이 되어간다
반달 반쪽이 이내 그믐으로 되어간다
그믐달은 화창한 진달래꽃 피는 꽃 속으로
초승달이 되고
달 가듯이 하다보면 이내 또 한 판 보름달을 굽겠지

늦은 가을

잡초 목이 타 갈갈거린다
나는 목이 말라 갈갈거리고
백구는 안달이 나는지 갈갈거린다

풍차

풍차 옆에 앉은 저 어른
갈매기에게
속엣말로 물어본다
너는 가는 세월을
몇 바퀴나 돌았니
응 아직도 많이 남았다고?

유월 바람

유월 푸른 녹음은
파란 바람
마음 편한 친구와
산 위에 오르며
코 속까지 휘저어 주는 바람
박재삼 문학제
파란 바람
전국 시인 바람이 부는 날

바다

바다는 가슴이 넓다
바다는 언제나
풍요로움을 선사하고
바다는 보이지 않은 곳에서
많은 생명을 키워내는
가슴 큰 바다
바다는 넓어서
가슴도 크지만
어머니 가슴은
작아도 넓다

바다는

바다는 보이지 않는 곳에서
생명을 키워낸다
서로가 식량이 되며 산다
뼈 없는 낙지는 뻘덕게가 주식이고
홍부자식 빤쟁이는
뻘만 먹고 춤을 춘다
바다는 언제나 풍요롭다
눈만 뜨면 땅굴 파는 쏙은
지하층층 지어 독거생활 외로움도
썰물 되면 숨을 쉰다
바다는 정이 넘쳐
동물 식물 모두 안아준다
세상 어머니 정을 모아 놓은
정 많은 바다는 저녁노을
이불 덮고 잠을 잔다

___ 제4부

바다는 장난쟁이

바다는 장난을 한다
밀물에 두고 갔다
썰물에
데리고 오네
고깝지 껍질에
파래옷을 입히고
들물에 한들한들
춤추게 하네

바다를 가는 이유

희망찬 바다에 돛단배를 모아
당신은 선장 나는 어부
사랑의 노를 저어
던져놓은 그물에
예쁜 공주를 얻었고
삼 년 후에 아들을 낳았는데
이레만에 바다가 삼켜 버렸어
지금도 네가 보고 싶으면 바다로 간다
알고보니 누나도 동생도
바다를 가는 이유를 알았다
지금도 우린 너를 보러 바다에 간단다

겨울비

일기 예보가 보내준 겨울비
메마른 대지에
반길 이도 없다며
비칠거리며 온다
샛바람에 날려가던 가랑잎
비 맞고 도로에 정착하니
자동차가 부숴 버리고 간다
뒤에 오는 차가 또 갈아 버리고 간다
봄 여름내 한 곳에 열렸다
바람 타고 여행 갈랬는데
부서졌으니
내년 봄에 돋아날 잡초에
거름 되겠네

밤새 내린 서리

아침에 일어나 창문을 여니
동지가 내일 모렌데
겨울답지 않게 포근하다
밤새 서리가 내려 모인 물이 처마 끝에
물방울이 뚬벅뿜벅 소리를 내며
떨어진다
조용한 아침
떨어지며 나는 소리
바라보면 물방울 소리
눈을 감고 들으면 누구를 부르는 소리
밤새 굶었다고 밥 달라는 소리 같고
오늘 아침 이슬이 물방울이 되어
떨어지는 소리를 누구의 이야기처럼
들렸다
마음의 공부
그렇다 자연의 모든 것들은
나에게 항상 숙제를 준다
풀릴 듯 말 듯 풀리지 않는
밤새 내린 서리에서 자연을 배운다

와룡산 시산제

오월 푸른 날에
와룡산 자락이
갑룡사 뜰에까지 와서 펄럭이고 있다
시산제가 열리고 있는
갑룡사 뜰 앞에 서서 보니
새섬봉 유래가 떠오른다
나는 보았어요
새섬봉과 청왕봉에 바다 굴이 붙었던 흔적을
억만년 전 그 굴은 누가 깠을까
아마도 내가 까놓았는지도 몰라
올라올 때마다 내 손이 간질간질하는 걸 보니
시산제 제물에 놓인 조기도 꿈뻑꿈뻑 맞다고 하는 걸 보니

우리 마을은 거북선 마을

와룡산 이름조차 영롱한 자태
봄이면 생강꽃 찬바람 뚫고 피면
제비꽃 진달래 눈부시게 눈을 뜬다
사시사철 스쳐가는 등산객 땀 내음도
인삼 녹용 먹은 듯 향기가 나고
얼굴빛은 산딸기 닮아간다

와룡산 민재봉 거대한 바위 틈
아직도 굴 냄새가 남아 있다
등산 배낭 속에는
굴 따는 도구가 항상 들어있다
산에서 굴이라니 벌꿀인가
아니 아니 내가 딴 건 석화랍니다
누구든 찾아보아요
수만 년 전 전설 같은 이야기

와룡산을 다녀오면 꼭 꿈을 꾸는데
그 아래 편안하게 자리한
이순신 장군이 외적을 물리친 거북선이
호령했다는 바다가 있는 거북선 마을

지금도
와룡산에서 캐온 굴을 구워 먹는
흔한 거북선 마을 풍경이 있다는,
산의 이마에 굴 껍데기가 쟁여져 있고
평화로운 거북선 마을에 앉아있는
그런 꿈을 꾼답니다

코섬

내 어릴 적 엄마 손 잡고 너를 보았을 때
나는 듯한 새 같더니
네 이름이 코섬이라지
이제 보니 수염이 멋지게 길어졌구나
삼천포 어른 같아
각산에서 초양까지 단단한 밧줄 매달자
케이블카가 만들어지고
봉수대 전망대에선 날마다 손 모으는 마음
바다 케이블카 운영 잘 되게
잘 지켜 줘

선진성 봄 나들이

선진성 하면 주로 농부들은 선진 벚꽃 필 무렵 봄나들이 장소다

농사짓는 사람에게서 년 중 제일 한가한 계절이자 선진 벚꽃이 좋다고 소문이나 있어 계모임이나 마을 단합대회를 주로 이 벚꽃장으로 와서 즐기기도 했는데 우리들은 춤과 노래를 부르고 사진 찍는 등 덩실덩실 노는 곳 일순위로 선진성이 자리잡고 있었다

선진성에 대한 보통 사람들의 생각처럼 나 역시도 벚꽃 밖에 기억이 되질 않는 곳이다

선진성 기행을 하면서 서택지 사랑 연못에 대한 역사 이야기와 조명군총의 안타까운 이야기 그리고 선짓나루에서 도공들이 많이 끌려갔다는 이야기까지 들으니 갑자기 얼굴이 화끈거렸었다

풍패지향 풍패지향 해도 사실 자세히는 잘 모르고 마 좋은 땅인갑다 하고 살았지 젊어 역사공부를 지대로 한 것도 아이고 그렇다고 누가 역사에 대해 공부하고 글을 쓰보입시다 하지도 않았던 터라 별 불편함 없이 살아왔었다

그러다 글을 쓰려면 먼저 그 글의 소재인 역사부터 알아보고 하자 해서 하다봉께 나도 모르는 새에 하이고 참말로 고마 있으몬 안되겠는데 하는 생각까징 들게 되었다

사실 선진성에 몇 번 와 봐도 역사가 제대로 정리되어 있지 않아서 그냥 휭 다녀만 갔을 뿐이어서 잘 몰랐다

　생각 같아서는 곳곳에 알리는 표지판이라도 세워 놓고 도공들이 끌려간 나룻터에 요새 연극같은 거 공연도 하던데 그런 걸 맹글어서 많은 사람들에게 알리는 것이 우떻겠냐고 시장님한테 건의도 해보고 싶어졌다

　같이 공부하는 어르신이 무궁화를 심자는 의견을 내었는데 적극 찬성한다

　늦었지만 지금이라도 진혼무를 하던 어떤 형태로든 행사를 많이 해서 알리는 것도 중요하다 본다

　우리가 축제 축제 하면서 맨날 가수나 초빙하고 우찌 그러는 데만 돈을 뿌리고 말아야 한단 말인가 이제는 쫌 역사의식을 차릴 수 있도록 진정한 축제를 했으면 한다

　봄 나들이도 좋지만 지대로 알고 정신 차리고 의미 있게 살아야 하는 것이 중요하다는 생각이 들었다

　내년 선진성 봄 나들이엔 숙연한 마음 먼저 갈 것 같다

갈대새미

코로나19로 2년 넘게 자주 못 보다 지금은 일상이라 여
는 또 다른 코로나 일상

다시 글을 쓰고 안채영 선생님도 다시 만나고 동료를 만
나니 정말 살 것 같다

다시 예전처럼 실내공부도 하고 야외수업도 하니 그때는
그렇게 고마움을 몰랐는데 지금 외출한다는 자체가 감사다

마침 삼천포 옛 추억을 찾아보는 기회가 있었다

문예공부 시간 선생님이 낸 숙제로 영영 잊을 뻔했던 갈
대새미를 오랜만에 찾았다

지금은 아련한 기억이 되었지만 갈대새미는 엄마 따라
시장가서 엄마한테 엄마 물 먹고 싶다 하면

물지게 지고 가는 아저씨 따라가 먹고 오라 해서 간 곳이
갈대새미였다

그 시절은 온 시장 바닥이 흙길이었는데 갈대새미 부근
만 시멘으로 동그랗게 만들어져 있었다

샘 주변에 가자 물 내음이 났다

거기까지 갔지만 누구보고 물 좀 달라는 말을 하지 못하
고 멍하게 서 있는데 어떤 쪽진머리 아지매가 두레박으로
물을 먹여 주었다 맛이 참 시원했다

내 옷 반이 젖었던 기억도 났다

새미를 들여다보았을 때 물 속에는 수많은 사람들의 눈 같았다

갈대새미는 수도 공급이 안 되었을 때 생명줄이었고 첫 길 찾는 길손에겐 쉽게 찾을 수 있는 주소 역할도 했다

갈대새미 왼쪽으로 또는 갈대새미 오른쪽으로 요렇게 하면 만사형통되는 중심지 주소역이랄까

다시 찾은 갈대새미 앞에 낭만여인숙이 보인다

리모델링을 한 낭만여인숙은 예전의 여인숙이라는 이름만 빌려왔지 숙소 내부는 아주 깔끔하게 단장되어져 지금은 전국에서 꽤 인기가 높다고 했다

2년이나 집안 우물에만 갇혀 있다 집 밖 새미로 나왔더니 친구들 모습도 한여름 텃밭 깨꽃같이 환하게 웃었다

가슴이 툭 트이며 새삼 사람 사는 거 같았다

그동안 부산으로 간 친구도 있고 또 하늘길 간 문하생도 있다

이제 다시 만나지 못해도 마음만은 같이 공부하며 야외수업 때도 데리고 오고 싶다

살아 생전 시집 한 권 내는 게 소원이었던 강동표

생각하니 코끝이 찡해온다

내일은 아무도 모른다

오늘 갈대새미를 찾은 발길에 지금의 행복한 마음 감사한 마음 가득 느끼고 싶다

예전에 먹었던 갈대새미 그 시원한 우물물 맛이 그립다

용산 초등학교 가을 운동회

나는 1960년 용산 초등학교 12회 졸업생이다

그 시절엔 학생 수가 많아 한 반에 60명 이상 3반까지 있었다

나는 12번이었고 6년 개근상도 받았다

가을운동회는 큰 잔치였다

운동회 연습이 시작되면서 먼저 청백이 갈라지면 형제끼리도 시기를 하고

연습시간도 어렵고, 학년마다 무용, 4, 5, 6학년은 기마전, 남학생 덤블링, 마스게임도 있었고

운동회 날이면 만국기를 달고, 청백이 나뉘어 응원가 시작되고 운동장 둘레에는 학부형이 맛있는 음식과 과일 등을 준비해 오고

일일 장사들이 솜사탕, 풍선, 뽑기, 엿장수 가위소리

오전 경기가 끝날 무렵 청백 바구니를 터뜨리고, 그때서야 부모님 곁으로 가야 했던 학교 규칙이 엄중했던 시절

세 학교 운동회 날이 정해지면 한동안 시장도 분주했다

각 먹거리 준비한다고,

맨손달리기, 개인달리기, 단체릴레이가 끝나고 청백 점

수가 결정되면 이긴 편 만세 삼창에 진 편은 손뼉을 치고,
  이긴 편은 그동안 고생은 어디가고 기분은 날아갈 듯했
던 가을 운동회

내가 사는 주문리

내가 사는 주문리는
역사 깊은 와룡산이
마을 뒤에 자리하고 있어 든든하고
마을 앞으로는 어머니 품 같은
바다가 있고 사천강 고기가 전국에서 가장 맛있다고
이순신 장군이 최초로 외적을
물리친 곳이기도
무역선이 오가던 곳이기도 했고
양조장도 크게 있었다고 들었다
난 산골에서 시집 와 처음에 바다가 우습기도 했고
바다가 엄마 품같이 중한 줄을 몰랐는데
차츰 작은 뿌리를 내리며 살다보니
단단한 뿌리를 내리게 되고
옛날보다 편하게 변해 좋아져
어느새 56년을 살았네요
공기 좋고 인심 좋은 주문리
나는 생이 끝나는 날까지 살렵니다

버스 안에서

70번 마을버스를 타고
삼천포에서 출발하는 버스를 타면 꼭 눈은 창가를 보는
습관이 있다
꽤 자주 지나는 똑같은 노선인데도
눈에 보이는 사각풍경은 항시 다르다
언제나 변함없는 내 시선은 76년 전 고향 쪽을 지나는
눈길이다
집에 도착하는 시간은 약 30분 정도인데
밤잠을 설친 날은 차 안에서 단잠 자듯 졸기도 하고
편한 사람 만나면 수다도 떨다 보면 금방 대포항에 닿
는다
앞이 탁 트인 바다를 옆으로 해 지나면
반대쪽 유리창에 반사되는 바다는
꼭 엄마가 참기름 발라 잘 구워 놓은 파래김 같았다
내 고향 시골버스는 정말 고소했다

_____ 디카시

인생

커피집 주인은 커피를 볶고
나는 남편을 볶고
딸은 엄마를 볶고
암
볶아야 맛이 나는 벱이제

부추

봄에 피는 부추는 어혈을 풀어주고
비오는 날 정구지는 부침개를 해먹고
여름 날 소풀은 소나 뜯어 먹으라고 소풀이 되었다
꽃피어 팔리지 않은 부추는 응어리로 뭉쳤다

소방관

초록 세상 저 검은 굴속 깊이만큼
얼마나 많은 검은 희생이 지나갔을까
밤새 사투를 뒤집어 쓴 잿가루
다시 으쌰 붉게 주먹 쥐고 일어나는 소방관

공부하는 모습

우리 어릴 적에는
몽당연필로 공책에 글 썼는데
요즘엔 손가락으로 공부를 한다
그래 열공이다

할머니 이빨

잃어버린 할머니 이빨
바위에 앉아 있네
진작 찾아드렸다면
꼭꼭 씹어 드셨을 텐데

* 고성 제1회 디카시 문학제 장려 작품

고놈 참 잘생겼다

얼굴에 점이 많아 점복이
온 동네 놀림 받다
엄마 눈에는 고슴도치도 예쁜 법
온 동네 떠나갈듯 내뱉는 말
고놈 참 잘생겼다

니도 내 나이 돼봐라

하이고 지지배 이뻐쌌네
아무리 그렇다고
공룡 발바닥에 얼굴 비차보나
니도 내 나이 돼봐라
이래 베도 내도 공주소리 들었다 카이

아침북새

상쾌한 아침 대문 열고 나오니
동쪽 하늘에
분홍색 북새꽃 한 송이 피었다
그냥 지나치기 아쉬워
폰 꺼내 사진을 찍어본다
꼭 어릴 적 보리개떡 같아
혼자 먹기
혼자 보기 아까워
초등학교 짝지 상선이랑
나눠먹자고
찍어 두었다
분홍색 케익을

해설

일상에서 펼쳐낸 놀라운 모성애의 성찬

서지월

　이 땅에 수많은 시인들이 시를 쓰고 있지만 시가 상상력
의 산물이라는데는 이설이 없는 줄로 안다.
　시가 갖추어야 할 문장구사와 함께 문장이 끌고 가는 그
힘에 얹혀가는 것이 상상력이라면 80대의 할머니시인의 놀
라운 상상력이 발견되었다. 시골에서 태어나 자라고 커서
결혼해 아들 낳고 딸 낳고 그리곤 여생을 살아가는 게 어쩌
면 본연의 삶이라 할 수 있는데 유달리 정신을 번쩍 뜨이게
한 시편들이었다.

1. 엄마라는 이름의 영원의 시세계

　봄비가 촉촉히 내리는 날 오후

별일 없이 지낸 하루
부침개가 생각났다
뭘 넣고 맛나게 구울까
밭으로 나가 봄맞이 나온 냉이 몇 폭
쪽파 몇 개 봄동가지 뽑아놓고
굴 넣고 땡초 넣어 스억슥 버무리니
입안에선 벌써 침이 고인다
후라이팬에 여백도 없이 구웠더니
꼭 보름달 같다
어느새 꽉 찬 보름달이 눈 깜짝할 새 반달이 되어간다
반달 반쪽이 이내 그믐으로 되어간다
그믐달은 화창한 진달래꽃 피는 꽃 속으로
초승달이 되고
달 가듯이 하다보면 이내 또 한 판 보름달을 굽겠지

– 시 「비 오는 날 부침개」 전문

　시인이 읊고 있듯이 만물이 소생하는 "봄비가 촉촉히 내리는 날 오후"라는 시공간적 분위기도 좋았다. 여기서 생각난 게 부침개를 구워먹는 거였다. 그냥 이것저것 넣어 구워먹으면 될 일 아닌가.

　그러나 시인은 그렇지 않다. 누구나 냉이 쪽파 굴 땡초 등 넣어 버무려 후라이팬에서 구워내면 보름달 같은 맛있는 부침개는 되겠지만, 무한대의 우주공간에 달이 차고 기울고 다시 차오르고 이지러지는 대우주의 철리(哲理)를 부침개 구워내는 할머니 시인으로부터 발견해내었을 줄이야.

　그것도 평범한 문장의 물에 물을 탄 듯한 맹물 같은 문장이 아니라, 꽉 찬 보름달이 된 부침개가 눈 깜짝할 사이 반달이 되었다가 이내 그믐으로 증발되는데, 후라이팬에서 다시 초승달이 되고 반달이 되어 구름에 달 가듯이 이내 또 한 판의 보름달을 구워내는 마귀할멈 같은 시로 탄생하는 것이다.

필자가 32년을 시창작강좌를 운영해 오며 한국시단을 강타한 뛰어난 시인들을 굴비 엮듯이 배출해 왔다지만 정말이지 삼천포에서 좋은 시인 선생님을 만났기에 가능한 일이 아닌가 생각한다.

울림폭이 큰 시가 되려면 "봄비가 촉촉히 내리는 날 오후"라는 분위기도 크게 작용하지만, 여백 없이 구워내는 후라이팬이라든지 "화창한 진달래꽃 피는 꽃 속으로/초승달이 되고/달 가듯이 하"는 이런 서정적인 구절이 절창으로 읽힌 것이다.

떡보 막내딸이
엄마가 옛날에 해 주던 호박떡 먹고 싶다고
3일 전부터 준비를 해
오늘 아침 방앗간 가서 떡 해다놓고
퇴근 후에 오랬더니 한 쪽을 낼름 먹으며
엄마 바로 이 떡이야 하며
재롱을 떠는 모습은
오십이 가까운 애가
꼭 세살바기처럼 좋아하는 모습에
엄마된 보람을 느꼈다

떡 박스 들고 가며

엄마 잘 먹을께 하고 가는 뒷모습

항상 짠하다

내 자식이 제 집으로 가는 모습 보면

내가 살아온 여정 또한 이렇고 저러했다

– 시 「호박떡」 전문

역시 감동적인 장면이다. 일상이 시가 되려면 이 시를 두고 하는 말일 것이다. 이 시속에는 같은 혈육인 모녀지정 뿐만 아니다. 시인의 유년시절과 토속적인 삶의 정서가 풍겨난다.

떡을 좋아했던 유년시절의 막내딸이 오십이 다 되어서도 엄마의 손길이 뻗친 호박떡을 좋아한다는 것, 효도란 무엇인가. 엄마가 해 준 호박떡을 새 가정을 이루어 아이 낳고 살아가는 중년의 나이가 되어서도 "엄마 바로 이 떡이야" 하며, 재롱을 떠는 모습은 시골에서나 볼 수 있는 현대판 고유정서로 자리매김된 것이다. 요즘 같이, "엄마 요즘 애들은 호박떡 같은 거 안 먹어. 나도 그래"라 했다면 엄마가 정성스레 해 준 호박떡 박스를 들고 갔겠는가.

시인이 안정된 톤으로 "내가 살아 온 여정 또한 이렇고 저러했다" 담담하게 읊은 표현에도 호감이 갔다.

실감나게 읽히는 「엄마, 자주 불러 줘」라는 시가 있다.

엄마라는 말

몇 번이나 불렀을까
내가 엄마 되어 살아보니
하늘에 비행기 윙 하고 날아가도
엄마 생각 절로 난다
엄마라는 두 글자
황금보다 중요하고
바다보다 넓은 단어
흰머리 여기저기 솟아나는
내 나이 칠십 되어도
엄마 생각날 적에는
문득 전화기를 든다
하늘 국번을 몰라 한동안 멍해져 있다
엎어져도 엄마 자빠져도 엄마 엄마 엄마 엄마라는 말
내가 엄마 되어도 듣고 싶은 말
지나는 길손이 엄마라고 부르는 소리만 들려도
나도 엄마가 되고 싶다
자식들아 나도 이제 수확기에 왔구나
엄마 자주 불러 줘
엄마

– 시 「엄마, 자주 불러 줘」 전문

경봉대선사께서 16세 때인가 자신을 키워주었으며 옷도
해 입혀주고 밥도 지어주며 맨날 곁에 있어주었던 엄마가
세상을 뜬 것이다. 바깥에서 놀다가 집에 돌아와 보니 엄마
가 돌아가신 것이다. 아버지한테 엄마가 어디 갔나 물으니
아버지는 퉁명스럽게 '너 엄마는 죽었다'고 했다. '엄마가
죽었다니요. 엄마는 어디 갔어요?' 하며 애걸복걸하니까 아

버지는 '네 엄마 산에 가 있다'고 했다.

산소 앞에서 해지도록 울어도 엄마의 실체는 없었다.

이 화두 하나로 머리 깎고 양산 통도사로 가 스님이 되신 분이 그 유명한 경봉대선사이시다. 경봉대선사께서도 부처님께 자비를 구하며 사셨지만 입적하실 때까지도 자신을 낳아주고 길러준 엄마가 어디에 가 있는지 알지 못했을 것이다.

가수 조용필 씨가 양산 통도사 경봉대선사를 찾아와 인사를 하는데 스님께서는 어디서 왔느냐, 뭐 하는 사람이냐? 라하니, 조용필 씨는 노래 부르는 사람이라 했다. '그럼 꾀꼬리이구먼!'이라 해 조용필 씨가 그 발상으로 〈못 찾겠다 꾀꼬리〉란 노래가 생겨났다고 한다.

이처럼 엄마가 되어도 엄마로 존재하고픈 시인의 갈망이 돋보였다. 엄마의 엄마인 할머니보다 그대로 엄마로만 불리고 싶은 모성애가 짙게 배어 있는 시였다.

"자식들아 나도 이제 수확기에 왔구나/엄마 자주 불러줘/엄마"라 읊은 것 보면 평이한 어투가 아니다. 수확의 계절인 가을이 되면 또 자식들에게 나누어 주어야 할 게 많은 것이다.

뙤약볕 걸어가는 모친의 보따리가 무거워 한손으로 잠시 거들다 정자나무 그늘 아래 보따리를 쉬게 했다
몇 년 전 홀쩍 떠나 살던 건넛집 순이 엄마였다
니도 꼭 너 엄니 닮았네

동구 밖 정자나무보다 더 넓었던 니 엄니 그늘

팔 형제 엄마 되고 누이 되고 초가삼간 기와 올리더니 마을
우물가 옥이네 철이네를 지나 혼자 된 장쇠 엄니 병수발 삼 년
에 꽃 길 가는 길까지 넉넉하게 품어주었다던 보따리를 풀어
놓으시는데

열여덟 고왔던 꽃이었던 엄니 모습
백년초를 닮았다
딱 3일간 핀다는 백년초
꽃이 져도 오래가던 열매
백년초도 딱 3일만 만개했었다는데
엄마가 여자였던 적도 삼 일이었다

– 시 「엄마의 그늘」 전문

삼천포가 낳은, 한국 서정시의 한(恨)의 가락을 가장 잘
읊은 시인으로 평가되는 박재삼문학제 백일장 일반부 최우
수상 수상시라 하니 왠지 더욱 시가 돋보였다. 필자도 과거
엔 여러 해 박재삼문학제에서 초청이 와 백일장과 박재삼신
인문학상 심사를 두루 해봤는데, 전남 광주의 송수권 선생
께서도 세상 뜨시고 어느 땐가부터는 주최측 시인들이 꿩고
기를 먹었는지 통 연락 없이 지낸다만 "어쩌겠나/그냥 그/
아득하면 되리라"라는 스승 박재삼 육필시 구절이 떠오를
뿐이다.

한 마디로 말하면 위의 시 「엄마의 그늘」이 능수능란한

문체로 잘 쓴 시로 읽혔다. 백일장보다 한 급수 위라 할 수 있는 신인문학상에 당선되어도 조금도 손색없는 시로 여겨졌기 때문이다.

꽃으로 말하면 단조로운 홑꽃이 아니라 꽃잎을 풍성하게 갖춘 볼륨 있는 겹꽃같은 시였다.

보면 다음과 같다.
먼저,

뙤약볕을 걸어가는 모친의 보따리가 무거워 한손으로 잠시 거들다 정자나무 그늘 아래 보따리를 쉬게 했다
몇 년 전 훌쩍 떠나 살던 건넛집 순이엄마였다
니도 꼭 너 엄니 닮았네

동구 밖 정자나무보다 더 넓었던 니 엄니 그늘

에서 보면, 더운 날 순이엄마가 힘겹게 무거운 보따리를 이고 가는데, 지은이(시인)이 안쓰러워 그 보따리를 거들어 준 것이다. 순이엄마는 지은이를 보더니 니 엄마를 꼭 **빼닮**은 모습이라 한 것이다.

뛰어난 비유로 돋보이는 "동구 밖 정자나무보다 더 넓었던 니 엄니 그늘"이라고 순이엄마가 한 말이 아주 설득력 있게 읽혔다.

팔 형제 엄마 되고 누이 되고 초가삼간 기와 올리더니 마을 우물가 옥이네 철이네를 지나 혼자 된 장쇠엄니 병수발 삼 년에 꽃길 가는 길까지 넉넉하게 품어주었다던 보따리를 풀어 놓으시는데

순이엄마를 일컫는 것 같다. 지은이의 엄마처럼 마을 사람들에게 베풀며 살아왔음을 알 수 있다. 바로 이 보따리의 순이엄마다.

열여덟 고왔던 꽃이었던 엄니 모습
백년초를 닮았다
딱 3일간 핀다는 백년초
꽃이 져도 오래가던 열매
백년초도 딱 3일만 만개했었다는데
엄마가 여자였던 적도 삼 일이었다

길에서 만난 순이엄마를 통해 지은이 자신이 "열여덟 고왔던 꽃이었던 엄니 모습"을 떠올리는 수법을 취하고 있는 것 같다. 백년초 같았던 엄니였던 것이다. 화두를 던지듯 "니도 꼭 너 엄니 닮았네"라고 말한 순이엄마를 통해 지은이 자신의 엄니를 돌이켜 생각하는, 단순한 상상체계로 읽힌 시가 아니었다.

엄마의 그늘이란 상징적 의미도 글자 그대로의 그늘이 아닌, 모녀지정(母女之情)이 잘 나타나 있는 함축적인 의미의 공간임을 알 수 있다.

2. 자아와 인생사에 대한 시세계

이뻐지고 싶은 본능은 여자에겐 나이 들어도 매한가지임을 잘 말해주는 유니크한 시로 읽혔다. 풍각쟁이나 남사당패 여사당도 아닌데 말이다. 이쁜 각시라면 경북 안동 하회마을에 가면 하회탈을 쓰고 별신굿하는 각시가 떠오른다. 하회탈 중에서도 미인의 조건으로 꼽히는 부네라는 탈이 연상된다.

우리 동네에선 작년까지 각시였다
일흔다섯까지 각시로 살았다

새벽 첫차 타고 시장 가는 길
엄동설한에도 머리는 자르르르르
옷매무새 거울 한 번 나오다가 다시 거울
누가 칠순이라 하는가

각시라고 불리었다
예쁘게 꾸미고 걸음도 사뿐
그걸 본 정촌댁 무어라 씨불여쌌건만
내가 내 모습 예쁘게 하는데 무슨 상관이람
진성형님 큰 소리로 오야 각시야 오데 가는갑네 다정한 목소리

아직도 나는 각시이고 싶다
작년까지 각시였었는데

다시 각시가 되고 싶다

이젠 루즈 대신 립스틱을 발라야겠다

– 시 「나는 지금도 각시다」 전문

해학적으로 읊은 시다. 시적 재간이 다분해 보였다.

"우리 동네에선 작년까지 각시였다/일흔다섯까지 각시로 살았다"라 했는데 좀 애매모호했으나 공감을 주는 데는 손색이 없었다.

특히 뛰어난 문장표현의 절제미가 돋보였는데

"거울 한 번 나오다가 다시 거울"이 우스꽝스러울 정도로 재미나게 읽혔는데, "예쁘게 꾸미고 걸음도 사뿐", "오야 각시야 오데 가는갑네/다정한 목소리" 역시 명사형으로 축약한 표현이 두드러져 보였다.

"정촌댁 무어라 씨불여쌌건만/내가 내 모습 예쁘게 하는데 무슨 상관이람"이 안겨주는 당당함이 천하여장군의 기세와 다름 아니었다.

나이답지 않을 정도로 시가 던져주는 메시지가 분명했으며, 이런 활달한 문장력은 어디서 온 것일까. 시 전편에서 나타나고 있는데 가히 부러울 정도라 하겠다.

80대의 연세인데도 불구하고 시를 참 잘 쓰신다는 느낌을 시집 해설을 쓰면서 강하게 받았다. 내가 아니었더라면 어떻게 흙속의 옥돌을 발견하게 되었겠는가 하는 생각도 강하게 들었다.

아마 지금으로부터 37년 전의 삼천포 파도물결이 내 옆구리 간지른 인연줄이 와 닿은 것 같다.

세상이 좋아져 요즘은 40대 50대, 하마터면 퇴직하고 난 60대에 들어서서 시를 쓰는 이들이 많은데 주로 덜 익은 열매를 따서 향기도 덜 나고 쪼그라들어 썩어버리는 듯한 시나 시집이 얼마나 많은가. 거리에 나가면 다들 시인이다.

그럼에도 불구하고 내 스승의 고향 삼천포에 경로당 가서 그림의 떡인 화투패의 살구꽃이나 목단 국화를 펼칠 일이지, 치매에도 도움 되는 시를 쓴다는 일, 논밭 한 뙈기 더 남겨 자식들에게 나누어 주어 본인에겐 아무것도 없는 것이 아닌, 시를 써서 유산으로 남겨 자자손손 거울처럼 빛나게 하는 일을 하시니 자랑스럽다는 상투적인 말을 넘어 한 가정의 빛나는 정신사로 남아 후대에도 읽혀지기를 바라는 마음이다. 이게 가훈보다 더 위대한 과업이 되리라 본다.

한민족 오천년 역사의 단군 이래 최고의 시인으로 평가되는 (그 수제자가 삼천포 고향인 박재삼 시인이듯이) 인고의 여정을 살아온 우리네 할머니 어머니 누이들의 지난한 삶을 읊은 미당 서정주 시인의 시 「국화 옆에서」가 있듯이, 한 송이 국화꽃이 그냥 피어나는게 아님을 고귀한 생명체로 치환해 시인의 인고의 삶으로 절묘하게 읊고 있다는데 또 한번 놀랐다.

그 시 「산통」을 보면,

국화 한 송이 일주일째 산통을 겪는다
안타깝도록 고통스러워 보인다
하루에 한 잎씩도
낳지 못하네

수많은 꽃잎을 다 피우려면

하늘이 몇 바퀴나 돌까

내가 오십 년 전에 첫아이 낳을 때

그랬어

다시는 안 낳고 싶었는데

그 마음 잠시 잊고 나도 많이 낳았어

지금은 행복해

국화야 우리집은 사람들이 많이 왕래하는 길가 집이야

어려운 산통 겪고 예쁜 꽃 피우면

예쁜 벌 나비들이

많이많이 축하해 줄 거야

– 시 「산통」 전문

보라. 대단하지 않은가.

한 송이의 국화꽃을 피우기 위해 봄부터 소쩍새가 그렇게 울고 천둥 또한 먹구름 속에서 그렇게 울었듯이 피어나는 국화꽃잎이 벙그는데도 산통에 비유해 의인화해 표현한 시각 또한 신선하게 다가왔다.

연세가 높으신데도 불구하고 시에서 가장 치명적이라 할 수 있는 진부하거나 고루한 검불(티끌)들을 말끔이 걷어낸 이미지의 절창을 이루고 있다.

"국화야 우리 집은 사람들이 많이 왕래하는 길가 집이야/ 어려운 산통 겪고 예쁜 꽃 피우면/예쁜 벌 나비들이/많이많이 축하해 줄 거야"에서는 국화꽃에 대한 상찬을 리얼하게 표현하고 있다.

과거 우리 조선여인이 그랬듯이, 여자는 애를 낳는 일 그게 가족사를 이루고 역사를 형성해 왔고 보면, 오십 년 전에 첫아이 낳을 때 "다시는 낳지 않고 싶었는데/그 마음 잠시 잊고 나도 많이 낳았"다는 행복감이 국화꽃에 투영되어 한껏 시적 울림을 배가시켜주고 있다. 고난과 역경의 삶을 살아온 질긴 질경이 목숨같은 여인의 자화상이던 것이다.

아래의 시 「부채질」에서는 간단명료하게 읽히는 듯하지만 숨은 뜻은 의미심장하게 읽혔다.

> 가을로 접어드는
> 뙤약볕에
> 들일을 하다
> 딸이 보내준 배
> 하나 깎아 먹으니
> 시원한 부채질은
> 먼 곳에서
> 딸이 해 준다
>
> — 시 「부채질」 전문

옛 어른들이 좋아했던 배, 이가 다 빠지고 나서도 숟가락으로 파먹던 배이다.

딸이 보내준 배라니, 시인의 딸이 지혜롭게 느껴진다. 숨막히듯 입천장에 달라붙곤 하는 찰떡이 아니라 온 들판을 배맛처럼 시원함을 느끼게 하는 이런 놀라운 발상의 시는 처음 보았다.

전혀 상관 없는 듯한 배와 부채질의 의미상관의 궁합이

돋보였다. 남들이 써먹지 않은 이런 탁월한 비유가 시를 시 답게 해 시적 품격을 높여줄 줄이야. 내공이 곁들인 시였다.

빼놓을 수 없는 시가 「첫사랑 뻐꾸기」였다.

> 열일곱 예뻤다고 소문이 이웃 동네를 넘었는지
> 우리 집엔 늘 뻐꾸기가 울었다
> 뻐꾸기 소리는 방문을 나오는 나를 보면
> 멈춰 서는데
> 오늘은 다른 뻐꾸기 울음이다
> 매일 밤 그 시간만 되면 울음 우는 그 뻐꾸기 아니다
> 혹 다쳤을까 궁금한 밤이 칠흑이다
> 가끔 그 뻐꾸기는 목화밭 매는 내 손등으로까지 따라오는데
> 산수화 노래가 목화솜으로 피어
> 하얗게 하얗게 밤을 새우게도 했다
>
> – 시 「첫사랑 뻐꾸기」 전문

어쩌면 지은이답지 않은 모던(modern)한 시로 읽혔다. 이 정도라면 치밀한 상상력으로 직조된 품격 높은 시의 범 주에 들 정도다.

시란 아무리 상상력이 뛰어나도 어떻게 문장이 직조되느 냐에 따라 품격이 부여되기 때문이다.

더러 시인을 언어의 연금술사라 일컬으며 언어의 연금술 로 빚어내는게 시라 하는 것과 같은 맥락이고 보면 이 시가 갖는 매력이 그것이다.

특히 시골동네에서도 이쁘다고 소문이 나면 머슴애들이 그냥 두고 못 보듯 훔쳐보거나 따라오며 성가시게 하는데, 지은이의 젊은 시절 첫사랑이 된 것이다.

"열일곱 예뻤다고 소문이 이웃 동네를 넘었는지/우리 집엔 늘 뻐꾸기가 울었다"에서 보듯이 지은이가 열 일곱 살 때로 상징적으로 읽힌 뻐꾸기 소리다. 밤이면 머슴애가 찾아와서 불러내는 신호로 뻐꾸기 울음소리를 내는 것이다.

그게 "매일 밤 그 시간만 되면 울음 우는" 뻐꾸기인데 어제의 그 뻐꾸기 소리가 아니라는 데에도 뉘앙스를 풍긴다. "혹 다쳤을까 궁금한 밤이 칠흑이다"이란 구절도 흥미롭게 읽힌 구절이다. 가장 서정적이며 빛나는 표현이라 할 수 있는 "가끔 그 뻐꾸기는 목화밭 매는 내 손등으로까지 따라오는데"이다.

미당 서정주 시인의 시에서는 머슴애가 모시밭 사잇길로 물동이 물 이고 오는 처녀애를 훔쳐보았듯이 열 일곱 예뻤던 지은이의 목화밭 매는 밭고랑까지 따라온 머슴애인 것이다. 열 일곱 살 예뻤다로 표기하지 않고 "살"을 생략하고 "열 일곱 예뻤다"라고 한 것이나 "내 손등으로"라 읊은 구절도 좋았다.

이렇게 시골에서는 밤낮 뻐꾸기 울음소리를 내며 따라다니던 머슴애가 "하얗게 하얗게 밤을 지새우게도 했던" 첫사랑으로 느껴졌던 것이리라.

토속정서와 잘 버무러진 담시풍의 시였다.

3. 자연에 대한 인식의 시세계

깜찍하다고 할까. 깜찍하다는 말이 어울리지 않을 수도 있겠지만 함축적인 의미로 시사하는 바가 있는 시가 풍차, 이팝꽃, 바다 등이다.

풍차 옆에 앉은 저 어른
갈매기에게
속엣말로 물어본다
너는 가는 세월을
몇 바퀴나 돌았니
응 아직도 많이 남았다고?

– 시「풍차」전문

날렵한 표현이 눈에 띄었다. 무슨 말인가 하면 풍차라는 의미가 아주 의미심장했다. 풍차란 시간의 흐름 즉, 세월의 흐름을 의미하듯이 풍차를 배경으로 한 어른과 갈매기의 묵언의 대화가 풍겨주는 뉘앙스가 좋았다. 역설적으로 읽힌 촌음같은 세월의 무상이 눈앞에 아른거린다.

보리고개가 있는 오월에
이팝꽃 하얗게 피면
유월 초근목 때 내 생일날
엄마가 딱 하루 쌀밥 수북히 담아주던
그때가 생각난다
이팝꽃 눈물이 그렁그렁한,

– 시「이팝꽃」전문

그렇다. 가난을 이겨내어 온 우리 민족의 서러웠던 인생 고비가 보릿고개였고 보면, 옛사람들은 알리라. 그림의 떡이요 병풍에 그린 닭이 울더라도 주린 배 쓰다듬으며 지나온 할아버지 할머니 세대, 얼마나 허기졌으면 이밥(쌀밥) 모양으로 고봉으로 피어, 보기만 해도 배 불렀느니라고 붙여진 이름의 이팝꽃인 것이다.

> 바다는 장난을 한다
> 밀물에 두고 갔다
> 썰물에
> 데리고 오네
> 고깝지 껍질에
> 파래옷을 입히고
> 들물에 한들한들
> 춤추게 하네
>
> – 시 「바다는 장난쟁이」 전문

수천 년을 출렁여도 지겹지 않은 파도 물결에 춤추는 소라 고동 등을 얼래며 노는 바다의 품은 영원하나 보다.

버스 안에서 창밖에 내다보이는 삼천포 바다 풍경이 놀라웠다. 시가 아니면 형용될 수 없는 버스 안에서의 시적 발상이 신선하게 다가왔다.

> 70번 마을버스를 타고

삼천포에서 출발하는 버스를 타면 꼭 눈을 창가를 보는 습관
이 있다
쾌 자주 지나는 똑같은 노선인데도
눈에 보이는 사각풍경은 항시 다르다
언제나 변함없는 내 시선은 76년 전 고향 쪽을 지나는 눈길이
다
집에 도착하는 시간은 약 30분 정도인데
밤잠을 설친 날은 차 안에서 단잠 자듯 졸기도 하고
편한 사람 만나면 수다도 떨다 보면 금방 대포항에 닿는다
앞이 탁 트인 바다를 옆으로 해 지나면
반대쪽 유리창에 반사되는 바다는
꼭 엄마가 참기름 발라 잘 구워 놓은 파래김 같았다
내 고향 시골버스는 정말 고소했다

– 시 「버스 안에서」 전문

평범한 일상에서 안겨드는 시적 상상력이 건져낸 바다 풍
경이 훌륭했다. 묘하게도 필자가 발견했던 그 현장 풍경이
아닌가 하는 생각이 들기도 했다.

"반대쪽 유리창에 반사되는 바다가 꼭 엄마가 참기름 발
라 잘 구워 놓은 파래김 같"음은 그 당시 필자는 느끼지 못
했지만 바다가 들어와 파랗게 펼쳐져 있는 풍경 이미지가
가히 독창적이라 하겠다.

내 스승의 고향이기도 한 삼천포를 들어가다 보면 오른
쪽에 뭍으로 들어온 파란 물빛의 바다가 먼저 다가와 팔짱
을 끼더라니까.

자칫하면 수필이나 산문으로 전락할 수도 있으련만 품격

있는 시로 변용된 것은 행간의 문체가 의미망을 형성하는데 기여한 덕분이리라. 다양한 문체를 거느리고 있는 매력있는 시편들이었다.

4. 모국어인 한글로 시를 쓰는 민족

내가 경상도 하고 대구 토박이라
"할매! 시를 와 이리 잘 써노?"
이렇게 말해 드리고 싶다.

밤마다 압록강 두만강 위 만주 땅 북간도의 조선족들 대상으로 시를 가르쳐 온 게 5년이 다 되어가는데, 180여 명의 조선족 시인들 중엔 건달은 없지만 주로 60대 할머니들이다. 40~50대는 아직 바빠서 다른 데에 폼도 잡고 해야 되는 것 같아 시쓰기에 게을리하고 있는데 비해 60대 70대 할머니들도 보아하니 바쁘긴 마찬가지지만 노년이 되니까 인생의 그윽한 맛이 불멸의 시에 있음을 알고 있는 듯해 기뻤다.

중국 위챗 〈시인대학〉의 조선족들, 특히 60대 이상이 시를 잘 쓰기에, 내가 경상도 하고 대구 토박이라
"할매! 시를 와 이리 잘 써노?"
이렇게 말해 주고 있다.

경남 삼천포 할머니들께서 펴내는 시집의 이런 시가 압록강 두만강 위 북간도 뿐만 아니라, 주몽이 대고구려를 건국한 환인 대조영이 발해를 건국한 돈화까지, 나아가 중국 본

토 서안 난주 광주 심수 상해 청도 위해 등…… 그리고 전세계에 흩어져 살아가며 시를 쓰는 조선족들께도 널리 퍼져 공감을 안겨주었으면 하는 바람이다.

우리는 위대한 세종대왕께서 창제하신 한글(조선어)을 모국어로 시를 쓰는 한민족이니까 얼마나 복된 일인가.

서지월 ㅣ 전업시인, 한민족사랑문화인협회작가회의 공동의장

나는 지금도 각시다

ⓒ김말립, 2024

초판 1쇄 l 2024년 5월 3일

지 은 이 l 김말립
펴 낸 곳 l 시와정신사
주   소 l (34445) 대전광역시 대덕구 대전로1019번길 28-7, 2층
전   화 l (042) 320-7845
전   송 l 0504-018-1010
홈페이지 l www.siwajeongsin.com
전자우편 l siwajeongsin@hanmail.net

공 급 처 l (주)북센 (031) 955-6777
경기도 파주시 문발로 77(문발동) (10881)
전화 l 031-955-6777   전송 l 080-250-2580
홈페이지 l www.booxen.com

ISBN 979-11-89282-66-0   03810

값 10,000원